Je veux dormir !

Bon dodo, Petit Ours!

À ma petite Billie chérie qui aime tant son lit. – L.B.
Pour Gabriel M. – S.P.

Catalogage avant publication de
Bibliothèque et Archives nationales du Québec
et Bibliothèque et Archives Canada

Beauchesne, Lou, 1978–

Bon dodo, Petit Ours!
Pour enfants de 3 ans et plus.

ISBN 978-2-89686-661-8

I. Perez, Susan. II. Titre.

PS8603.E28B66 2013   jC843'.6   C2013-940451-1
PS9603.E28B66 2013

© Les éditions Héritage inc. 2013
Tous droits réservés
Chargée de projet : Françoise Robert
Directrice artistique : Marie-Josée Legault
Réviseure linguistique : Valérie Quintal
Graphiste : Dominique Simard

Dépôt légal : 3ᵉ trimestre 2013
Bibliothèque et Archives nationales du Québec
Bibliothèque et Archives Canada

Dominique et compagnie
300, rue Arran, Saint-Lambert (Québec)
Canada J4R 1K5
Téléphone : 514 875-0327
Télécopieur : 450 672-5448
Courriel : dominiqueetcie@editionsheritage.com

www.dominiqueetcompagnie.com

Imprimé en Chine

Nous reconnaissons l'aide financière
du gouvernement du Canada
par l'entremise du Fonds du livre du Canada
et par le Conseil des Arts du Canada.

Nous reconnaissons l'aide financière
du gouvernement du Québec
par l'entremise du Programme de crédit
d'impôt – SODEC – Programme d'aide
à l'édition de livres.

Bon dodo, Petit Ours!

Texte :
Lou Beauchesne
Illustrations :
Susan Perez

Dominique et compagnie

Petit Ours est fatigué. Il n'a pas fermé l'œil de la nuit. Des oiseaux tapageurs ont emménagé dans l'arbre juste au-dessus de sa tanière. Depuis la veille au soir, ils piaillent, ils rient, ils chantent, ils font la fête.

– Je veux dormir ! leur crie Petit Ours
en mettant le museau dehors.
Mais ses nouveaux voisins n'ont pas
l'intention de s'en laisser imposer...
même par un ours !

- **Hé ! le gros !** lui lance le plus vilain
d'entre eux. Va-t'en si tu n'es pas
content !

Petit Ours n'a pas le cœur à la dispute.
La mine basse, il se rend chez son amie
Mouffette qui habite un joli terrier.

Mais le tunnel est étroit, et Petit Ours reste coincé.
Aïe aïe aïe! Tout s'effondre.

– Oh, non! s'écrient Petit Ours et Mouffette.

La mine basse,
ils se rendent chez leur ami Crapaud
qui se repose sur un nénuphar.

Mais l'étang est peu profond,
et Petit Ours est trop gros.
Splash! Il ne reste plus
une goutte d'eau.

— Oh, non! s'écrient Petit Ours,
Mouffette et Crapaud.

La mine basse,
ils se rendent
chez leur ami Hibou
qui somnole
dans son arbre.

Mais la branche est fragile, et Petit Ours est trop lourd. **Crac!** Elle casse.

— Oh, non! s'écrient Petit Ours, Mouffette, Crapaud et Hibou.

La mine basse,
ils se rendent
chez leur ami Chevreuil
qui observe le coucher du soleil.

Mais la nuit tombe et il se met à neiger.

Brrrr! Il fait froid!

— Cherchons un abri, propose Chevreuil.

Soudain, une nuée d'oiseaux passent dans le ciel.

Petit Ours les reconnaît. Ce sont les oiseaux tapageurs.

— Partons d'ici! siffle le plus vilain d'entre eux.

Nous serons bien mieux dans le Sud!

— Bon débarras! crie Petit Ours.

Allons dans ma tanière! ajoute-t-il, maintenant soulagé.
– Oh, oui! s'écrient Mouffette, Crapaud, Hibou et Chevreuil.
Le sourire aux lèvres, ils se rendent
chez leur ami Petit Ours.

Quelle journée !
Ils sont épuisés.
À peine couché,
Petit Ours
dort déjà.

— Enfin, nous allons pouvoir nous reposer en paix,
soupirent les autres en fermant les yeux.
Mais un bruit singulier les dérange…

Rrrrronnnnnn...

Petit Ours ronfle...
comme un ours !
– Oh, non ! s'écrient
Mouffette, Crapaud,
Hibou et Chevreuil...